马福德　著

红红的
百合

中国文联出版社
http://www.clapnet.cn

图书在版编目（CIP）数据

红红的百合／马福德著.－－北京：中国文联出版社，2020.12
ISBN 978-7-5190-4485-5

Ⅰ.①红… Ⅱ.①马… Ⅲ.①诗歌-中国-当代 Ⅳ.① I227

中国版本图书馆 CIP 数据核字 (2021) 第 003765 号

红红的百合
（HONGHONG DE BAIHE）

著　者：马福德

终 审 人：姚莲瑞　　　　　　　复 审 人：王素珍
责任编辑：周小丽　　　　　　　责任校对：潘传兵
封面设计：晓笛设计工作室 舒刚卫　责任印制：陈　晨

出版发行：中国文联出版社
地　　址：北京市朝阳区农展馆南里 10 号，100125
电　　话：010-85923036（咨询）85923000（编务）85923020（邮购）
传　　真：010-85923000（总编室），010-85923020（发行部）
网　　址：http://www.clapnet.cn　http://www.claplus.cn
E－mail：clap@clapnet.cn　　　zhouxl@clapnet.cn

印　　刷：中煤（北京）印务有限公司
装　　订：中煤（北京）印务有限公司
本书如有破损、缺页、装订错误，请与本社联系调换

开　　本：889×1194　　　　　　1/32
字　　数：100 千字　　　　　　 印　张：6
版　　次：2020 年 12 月第 1 版　 印　次：2020 年 12 月第 1 次印刷
书　　号：ISBN 978-7-5190-4485-5
定　　价：36.00 元

红红的百合

中国书法家协会原副主席、顾问、书法家李铎先生为本书题写书名

红尘的百合

中国书法家协会理事、书法家李洪海先生为本书题写书名

作者书法作品

清气在巅

福隐书

采集生活辉光的人
——马福德将军诗集《红红的百合》序

峭 岩

这是马福德将军的第三本诗集了。从《冰峰的雪莲》，到《浪花依旧白》，再到《红红的百合》，三块基石，铺陈在诗歌的大道上，稳健又绮丽。值得庆贺。

本诗集以《没有足印的路》《淡淡槐花香》《写给爱恋的你》三辑构成，无疑，都是诗的骨架和意蕴。无论从书名的确立，到分辑的设定，皆有诗意的去处和抵达。

细读之中，我想到一句话："诗，是诗人的孩子。"孩子对父母而言，掌上明珠尔，诗对诗人而言，何尝不是血肉连体的孩子？我是说，马福德以诗人的身份名世时，他的确百分之百地投入，把诗当成自己的孩子。在家，在外，没有一刻离开对诗的思考，真像父母对待孩子一样，百般呵护，又精心培育。

　　这也说明他对诗歌的敬重和爱戴。诗是神圣的，又是入世的。但并不因为诗的平易姿态而忽略它的神圣性。正如他从生活中捡起一颗闪光的"石子"，于是他揣进口袋里，在桌案前端详，在行旅中打磨，日思夜想，锲而不舍。这里表明了一种做学问的态度，可以有先天不足，但不能不努力；可以有一时缺憾，但不能不进取。尤其诗之道博大高深，不跳进火海捞珠、不攀崖登险，何有星月之美？

　　马福德将军的诗是"抠"出来的。有一个特点值得我们关注，他的选材大部分来自过去的体验，即便写当下事物，也是由此及彼，即过往在记忆中的留痕。简而言之，就是对历史的"反刍"。也许是过去来不及成诗，今天重新审视时赋予它一种新意。由此，他放开想象的翅膀，拉回历史，把思想的藏库一一打开，分拣排队，又一个个拎出来，加以诗化。当然，这也符合文学创作"有感而发"的规律，历史的影像再现，更能为现实发力。

　　总之，他从爱诗到写诗，从生到熟，从粗到精，一路"摸着石头过河"，从练字练句，架构布局，一次次摆弄，又一次次修饰，就在千百次磨砺中，找到了诗的真谛。今天，他呈现的诗歌面貌，虽然不是最完美的，却是精心打磨的。对生活的体察，对诗意的探究，给人一种鲜活的、朴实的诗意享受。

由此，我想到一个问题，写诗有何用？马福德身为将军，官高禄厚，衣食无忧，写诗劳神伤情，为啥？俄罗斯画家、诗人亨利·希金斯说过一句话："在物质世界中，诗是无用的，在物质世界以外诗却大有作为。这是因为诗人在物欲中保持一种神性的清醒，于纷繁杂乱的世俗中，于万马齐喑中，诗人能找到本质的辉光。"也就是这点"辉光"，支撑着一代又一代诗人不懈地追求。

当诗人沉迷于自己的梦想时，再苦再累，也是乐在其中了。然而，这种乐，这种少有的成就感，只有诗人自己懂得。

"一种风流谁得似，福德日作苦心诗"。祝愿他更上层楼。

此为序！

2019年7月20日夏月

峭岩　解放军出版社原副社长，编审，当代著名诗人。中国作家协会会员，中国诗歌学会常务理事，中国作家书画院副院长，国际诗人笔会副主席。出版《峭岩文集》〔12卷〕。

目录

第一辑　没有足印的路

海　　002
身影　　003
我是一朵浪花　　005
这棵树　　007
大海拾萃　　009
小岛的梦想　　010
月亮与海　　012
峰峰入丹青——咏黄山　　013
海的学问　　014
海棠飘香凤展羽——观大足石刻　　016
砚池度岁香依旧——游眉山"三苏祠"　　017
涛　　018
海有多大　　019
一叶绿的哲学　　020
小燕子的思想　　021
红红的百合　　023
海边　　025
浪语　　027
四季谣　　030
灯塔　　032
海平线　　033
千年如一送真情——颂黄山迎客松　　034
雪中蜡梅香　　035

浪花　　　　　　　　　　　　　　037

礁石　　　　　　　　　　　　　　038

第一百〇一朵花　　　　　　　　　039

天际　　　　　　　　　　　　　　040

潮汐　　　　　　　　　　　　　　041

帆的诗篇　　　　　　　　　　　　042

雾　　　　　　　　　　　　　　　044

竹　　　　　　　　　　　　　　　045

清风拂面不染埃——题乐山大佛　　046

春的脚步　　　　　　　　　　　　048

鱼　　　　　　　　　　　　　　　050

雷和雨　　　　　　　　　　　　　051

听涛　　　　　　　　　　　　　　052

没有足印的路　　　　　　　　　　053

第二辑　淡淡槐花香

乡愁在我心上唱歌　　　　　　　　058

海望　　　　　　　　　　　　　　060

我有一首小诗　　　　　　　　　　061

你的名字叫历史　　　　　　　　　063

静静地倾听　　　　　　　　　　　065

船长　　　　　　　　　　　　　　067

祖父　　　　　　　　　　　　　　068

找寻回来的世界   070

淡淡槐花香   072

童年的旋律   073

老井与酒   074

种子   076

海的味道   078

乡愁的滋味   081

送给远方的你   083

为什么常常想起   084

听泉闻钟古韵归——游川中遂宁   086

底色   087

浪迹天涯总归岸   088

星   090

第三辑　写给爱恋的你

半块玉米饼   094

英雄纪念碑   096

写给爱恋的你   099

致敬无名烈士   102

记得你   105

壮哉，东方雄狮   108

思念一盏煤油灯   112

阳光的足音   114

4

青山依旧　　　　　　　　　　　　115

披着霞光奔远方　　　　　　　　　117

镰刀　　　　　　　　　　　　　　119

破土而出　　　　　　　　　　　　120

秋韵　　　　　　　　　　　　　　122

海的向往　　　　　　　　　　　　123

一道看不见的风景线　　　　　　　124

天风海涛忆延平　　　　　　　　　125

海之恋　　　　　　　　　　　　　126

西沙的早晨　　　　　　　　　　　128

丹心许国为天明——参观邱东平烈士故居　130

娘的话　　　　　　　　　　　　　132

他的名字比浪高　　　　　　　　　134

与风雨同行　　　　　　　　　　　135

涛声的素描　　　　　　　　　　　137

生根的种子　　　　　　　　　　　139

总是……　　　　　　　　　　　　141

那声音　　　　　　　　　　　　　143

真情永恒　　　　　　　　　　　　145

你的名字真美　　　　　　　　　　146

爱的无言　　　　　　　　　　　　148

汗水入心化作歌　　　　　　　　　150

桅樯　　　　　　　　　　　　　　151

鸟儿的歌唱　　　　　　　　　　　152

远航　　　　　　　　　　　　　　154

启迪 155

航向 156

黎明写意 158

蓝色的音符 160

岁月 162

今又好月色 164

秋色 166

情寄 167

后记 169

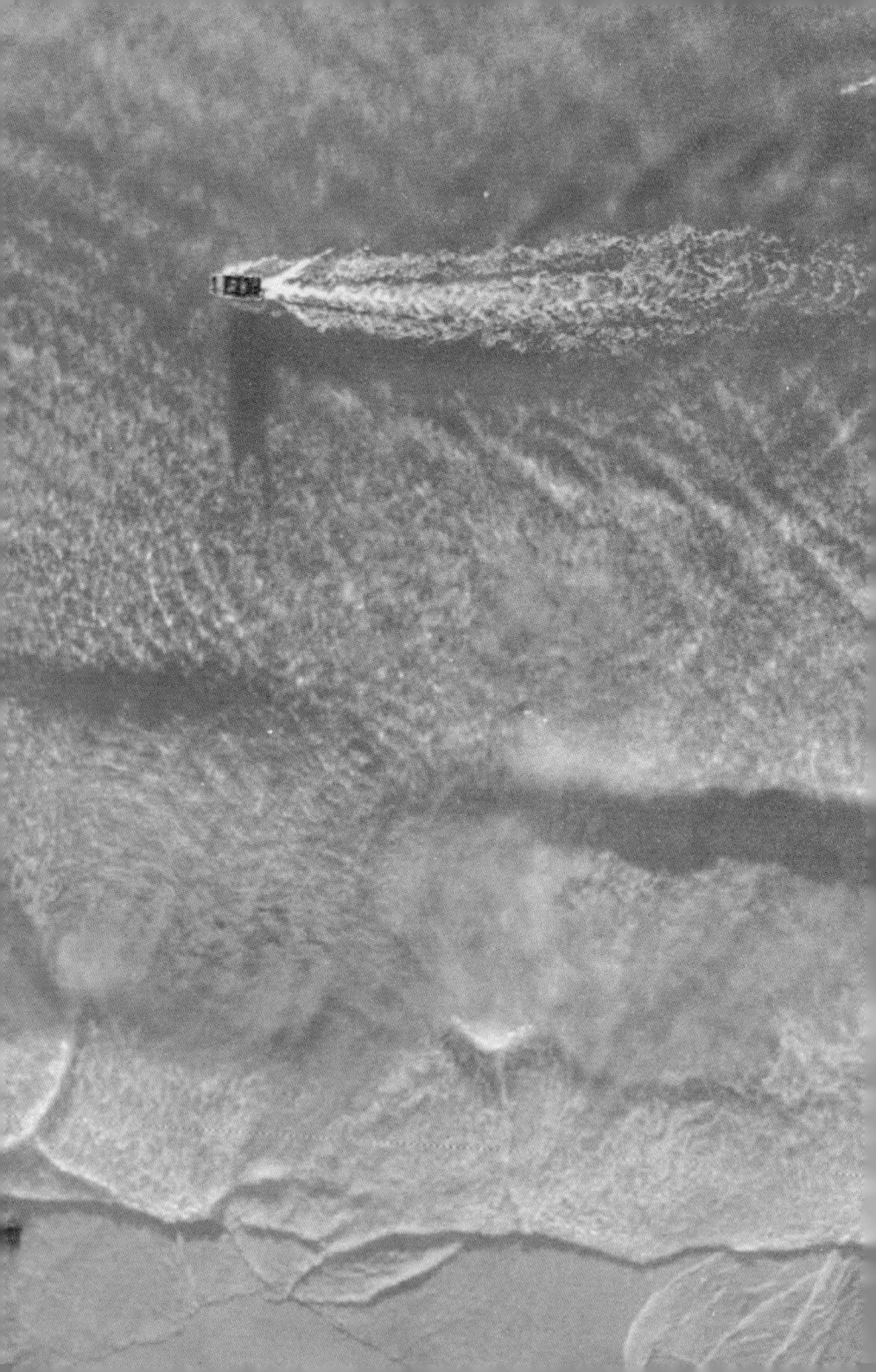

第一辑
没有足印的路

大海是田

舰船是犁

深深，长长

却没有足印

海

这个秋凉的季节
在这片湛蓝的田野
没有山川的寂寥
落叶的飘零
听不见失去夏日清响的嘶哑蝉鸣

海呵，还是那片海
更湛蓝，更深沉
浪用云朵般的语言
娓娓述说海疆的故事
和诗的远方

身影

你可否留意

你的身影

隐隐绰绰

时长时短

寸步不离

携手相牵

多像你忠实的朋友

来去有影也无踪

默默陪伴

时光流逝

岁月无痕

路遥地远

风吹雪寒

沐浴阳光下

走在大路上

不管有多难有多苦

至少还有

对影成三人

酒醉花也艳

我是一朵浪花

不如浪阔

没有浪高

却站在涛峰浪脊上哗啦啦地歌唱

我是一朵爱唱的浪花

不如花艳

没有花香

却在航船远航时哗啦啦地绽放

我是一朵爱美的浪花

不如潮澎湃

没有汐潇洒

却在海浪拥抱沙滩时哗啦啦地欢笑

我是一朵爱笑的浪花

我是一朵浪花

花期虽短，花开如潮

承继江河的秉性

拥有大海的怀抱

这棵树

一棵树

长在大漠上

活在风沙中

吞沙噬土

吃苦吐绿

一千个漫长春秋

苦，成了它生命中最好的养料

这棵树老了，有一天

躯干干枯了，岁月的沧桑镌刻其上

依然站立

昂然万里

又是一千个漫长春秋

向着太阳

向着月亮

诉说昨日艰难的故事，在苦境中

也有美好的记忆

这棵树，有一天

倒下了

倒在他曾经站立两千个春秋的地方

永远亲吻养育它的漠土

依然是一副铮铮铁骨

坚硬无比

它的灵魂依然怀抱着大地

注：胡杨，生长于沙漠，人称"大漠之魂"，活千
年，死后千年不倒，倒下千年不朽。

大海拾萃〔3首〕

浪涛

涛再汹，浪再高

最终都跌落船的脚下

托举一座山峰

帆

桅杆傲然挺立

不论东北风

还是西南风

都主动给帆鼓劲

一路同行

浪涛为他们打着洪亮的节拍

暗礁

深藏不露

一旦撞上

上帝也粉身碎骨

小岛的梦想

多少次扯下蓝天的白云

做我的帆

把风儿装满

脚下的雪白的浪花

迎风歌唱

小岛说

有一天，我也浪走天涯

不再忍受寂寞和孤单

远航的船靠岸了

卸下一船的饥饿和疲倦

人们登上小岛的家园

又饱餐了小岛的美食和香甜

航船说，小岛你多幸福

日夜有浪花环绕

不愁浪打风颠

小岛沉默了

小岛再也不想入非非

月亮与海

天上月明如水

海里明月似镜

是月亮亲近海

还是海约会月亮

月亮无语

海也无声

就这么日夜相伴

就这么心心相印

月入海

海抱月

任天轮地转

任风狂雨倾

峰峰入丹青

—— 咏黄山

迎客千年松，
擎天石柱峰。
云烟随步起，
岚绘浪漫风。

奇秀超五岳，
峰峰入丹青。
美色看不尽，
不负天下名。

海的学问

狂风巨浪
惊涛骇浪
无风三尺浪……
这些词是给大海量身定制的
几乎成了海的符号

人说，树大招风
其实海更招风
因为
海辽阔，一望无际
风，行走天海间
南来北往，任性狂野
来无影，去无踪
不知从哪儿来，也不知往哪儿去

海，其实也是风的海

飓风、台风、暴风、狂风

大风、柔风……

都是海的常客

人们为海量身定制的那些词

阐述了一个秘密

正是这风，这浪

打造了海的深刻含义

这是大海生命的律动呵

是大海青春灿烂的诗句

沧海横流

方显英雄本色

若没有狂风巨浪的洗礼

英雄何来顶天立地

海棠飘香凤展羽
—— 观大足石刻

"天府"之地大足立，
宝顶石刻名寰宇。
千佛竞秀皆唯妙，
百峰争奇显瑰丽。

卧佛一尊由心雕，
观音千手堪称奇。
山泉清澈龙戏珠，
海棠飘香凤展羽。

砚池度岁香依旧

—— 游眉山"三苏祠"

"三苏"名祠冠九州，
洵轼辙三尽风流。
名句"明月几时有"，
美韵雕记远景楼。

古井经年圣水涌，
砚池度岁香依旧。
源远流长文风盛，
黄荆苍翠四季稠。

涛

总是用像礁石一般的诗句
唱一首蓝色的畅想曲
秋风劲，浪更急
所有的浪，所有的涛
涨满蓝色的帆
驶向星星和太阳

涛，追逐涛
浪，搀着浪
拽着天高和地阔
力量挽着力量
向着时代的召唤进发
把华夏大梦唱响

海有多大

海，一眼望不到边
下连地，上接天
天下属海大

海，又是那么小
我一步就迈过了海
这时的海
小得只有我的心那么大

海，再大
也没有大出我的幻想

一叶绿的哲学

一叶绿，一生的坚守
不后悔一棵一枝的孤独
用一叶绿为春夏的葱郁着色
不后悔风里生雨里长的艰辛
把一叶绿的凉爽送给路人
不后悔烈日下难咽的干渴
将一叶辉煌留给秋天
不后悔有一天秋风吹过
飘零落地入土成泥
不后悔，是一叶绿的哲学
也是做人的底牌

小燕子的思想

守着一份安宁

把窝筑在主人的屋檐下

呢喃欣然

舒适安稳是燕雀有生以来的活法

风来了不怕

雨来了不怕

一代一代

窝就筑在屋檐下

有一天

机械开到老屋前

主人忙着搬家

——拆迁

远飞觅食的小燕子

再也回不到"家"

小燕子沉思了

把窝做在别人的屋檐下

安心吗

红红的百合

初春，乍暖还寒

村头那座山冈上

一大片土生土长的红百合

绽开翅膀，竞相开放

花红灿灿朵朵艳

蜂蝶结伴寻芳来

红红的百合，把

盎然的春意泼洒给这个山冈

花开为谁红

香浓给谁送

红百合笑而不语

她太忙

忙着给山冈着色

忙着为春风染香

用浑身的红

用心里的梦

海边

一阵一阵秋风

掀起一波一波海浪

风强劲，浪浩荡

海一天比一天蓝

天一天比一天高

云一天比一天淡

海天相连的那一条线

也一天比一天遥远

我站在海边

面向大海

大大小小的岛

依稀朝我走来

大岛像巨轮，小岛像陀螺

锚泊于海上，一队战神
只等一声令下，便拔锚启航
射向天涯

浪语〔5首〕

小蟹

小蟹，小小的个儿

只有人的指甲盖那么大

却不失蟹的威风

在沙滩上

在礁石上

任意横行

贝壳

被海浪甩在沙滩上的

贝壳，五颜六色

蜷伏的身躯

丰满而玲珑

艳阳下静静地酣睡

依然说着海的梦呓

礁石

和大山比

它不具备山的巍峨气势

却有着山的刚毅

任凭涛击浪打

寸步不移

海浪

海浪，大海的舞者

风起，它狂放不羁

风止，它也轻轻私语

比海风有情

比白云多意

夜里，星星安眠了

海浪依然酝酿着大海的奇迹

脚印

深深的脚印

印在松软的沙滩上
瞬间，被一波浪抹平
回首的惬意
只有脚印知道

四季谣（儿歌）

春季里，暖洋洋。

冰雪融，春风爽。

河水蓝，小草唱。

柳条青，满山冈。

夏季里，日正长。

天渐热，庄稼壮。

三伏天，农人忙。

蛙敲鼓，稻花香。

秋季里，菊花黄。

收庄稼，粮进仓。

五谷丰，瓜果尝。

燕高飞，秋风荡。

冬季里，北风扬。

雪花飘，年景旺。

蜡梅红，百草黄。

大年到，人欢畅。

灯塔

风雨熄不灭的灯火
夜航者不眠的眼睛
它却是
盼归者心中的一束红玫瑰

海平线

一条线

把天与海分开

一半是海

一半是天

一条线

让天和海相连

一片是白

一片是蓝

一条线

能托起旭日

一头是早晨

一头是夜晚

千年如一送真情
—— 颂黄山迎客松

侧身万仞唱大风，
千年如一送真情。
天半相逢缘自厚，
彬彬皆礼迎客松。

雪中蜡梅香

一朵花，蜡梅花

开在没有花的季节

当冰天雪地，千花万朵化为泥土

北风凛冽雪花舞

你伫立枝头点点红

奇寒彻骨，一掬笑容更灿然

大雪漫天，芬芳缕缕飘更远

冰雪覆盖大地

都成全你的艳丽

命运的心语，你不愿说

只是倔强地绽放

严寒里忍耐，孤独中坚守

只为雪压冰封一枝独秀

一缕花香

会聚群芳姊妹的美丽容颜

一颗芳心

装满另一片天地的五彩缤纷

因为有你，春天不会走远

浪花

脚离不开浪
手再长
永远够不着岸边的泥土
却花开灿然
可惜无人能摘到一朵

礁石

一生作为海的伙伴

不离不弃

浪打，浪击

始终不言不语

这样的承受

心里一定有着不为人知的秘密

第一百〇一朵花

是谁把你带到这小镇的街头

落户路边的地砖缝隙

不嫌狭小，不计贫瘠

硬生生地长

几片茎叶保持匍匐的姿势

淡紫色小花紧贴地面，羞答答地开

玲珑小巧，还散发一股清爽的香气

如果不是特意寻找

匆匆的路人不会在意

在意与不在意

你都努力做好自己

你的眼神装满整个春天

柔美的阳光喜欢你甜甜的笑脸

在百花盛开的日子里

你算是第一百〇一朵花吧

因为你没有名字

天际

天很高
有时却很低很低
低到每一朵浪花
都能吻到它的脸

潮汐

来了又去，去了又来
披晨曦，戴月色
反反复复，复复反反
朗读自己的诺言

帆的诗篇

在天与海之间
帆，更像一片飘逸的白云
海，浩瀚
帆，渺小
海，汹涌澎湃
帆，冲浪踏涛

一杆桅
一叶帆
几根绳索
牵着桀骜不驯的风
在一片汪洋自由驰骋
不知多少年
一路风浪昼夜兼程

从不留痕迹

却把不朽诗篇留在风中

深沉的蓝

壮阔不息

风止而吟

风起而啸

东南西北风，海的常客

还有狂风，飓风，不测的风

桅挺立，笑看风啸浪吼

帆从容，巧借八面来风

一叶帆

用不凡的追求，不凡的智慧

用不凡的无畏，不凡的至简

选择风

选择浪

选择远方……

雾

笼

海天于蒙蒙

天无影，海无踪

只闻潮音涛语

雾再大

雾再浓

也有抵不住太阳的一缕光芒

竹

未出土时先有节
一生保持谦谦君子的风范
也许，一阵风雨会把一棵树
连根拔起
但，竹子只是弯弯腰
依然风度翩翩

清风拂面不染埃
—— 题乐山大佛

头顶一片天

背靠两青山

脚下三江水

浪阔碧波远

"佛在山中，山在佛中"

天造地设的诗篇

千载悠悠

岁月悠悠

几多秋冬春夏

几番花红花艳

观云水茫茫

看世态变换

慈悲的笑如莲

无声的话是缘

清风拂面不染埃

心净天地宽

注:"两山",即凌云山、乌尤山。"三江",即岷江、青衣江、大渡河汇合处。

春的脚步

北方，春的脚步
是踩着泥土走来的
在冬天的后背上，一树梅花
与冰冷的雪花，一起
翩翩伫立于寒风摇曳的枝头
她有一个美名"报春梅"
最早感知春的是小河
解冻的河水，裹着未融的冰块
你追我赶，唱着无人听懂的歌
急急忙忙奔向远方

从睡梦中醒来的麦苗儿返青了
嫩绿的叶子在春风中伸着懒腰
一天天长大，染绿大地
桃花用她红扑扑的脸蛋儿

诱人的香味，引蜂招蝶
给田野添了一抹绚丽和生机

山坡的小草绿了
湖畔的柳枝青了
路边的小野花牵住路人的衣袂
春风为少男少女们披红挂绿
田野喧闹了
春忙了
秋风从大地吹走的一切
春天不声不响地给送回来了
又是一年好春色
北方春的脚步
踩踏得大地生疼

鱼

一生没家也无忧，
只要有水便知足。
酷暑严寒算什么，
默默无语度春秋。

雷和雨

雷，是哥哥
雨，是弟弟
本应是 ——
雷声响在天空
雨点落在地上

可有时
雷声大，雨点小
甚或有雷无雨
那是老天的旨意
若做人也这样
岂不是欺骗了自己

听涛

韶光流逝易，
岁月更悄然。
风从海上生，
涛影迭如山。

潮水朝朝涨，
海阔大无边。
天高云路长，
壮心逐浪宽。

没有足印的路

大海是田
舰船是犁
深深，长长
却没有足印

你看那 ——
浪的海，海咆哮
风撒野，涛澎湃
一会儿似山起
一会儿如谷落
瞬间，这艘船被恣肆的风
推入波涛的深渊
一会儿船跃出海面
重新站上了浪峰

沉浮，起落……

一个又一个回合
桅杆以不屈的身躯在浪涛上耸立
与风浪搏斗，与海对峙
强力的帆比风浪更强悍
它用力抓住一股股风，驶向远方
哲人说：航向是船的命

风声、浪声、涛声再大
也是陪伴的歌声
归航了，在前方茫茫无边的夜海
一座孤傲的灯塔，召唤回巢的鹰
航船满载星光驶入港湾
身后留下一条长长的路
却没有足印……

第二辑
淡淡槐花香

清清的小河水啊

淡淡的槐花香啊

为什么

跋山涉水静静飘进我的梦乡

乡愁在我心上唱歌

不知从啥时起

乡愁常常萦绕心里

那是一缕割不断的情怀

挥之不去

它又常常走进梦乡

遥远的故乡

近若咫尺，在我眉毛间

能触可及

带给我一丝丝温馨

恰似童年的我喜爱的

那只小花猫

隆冬时节，每每在

半夜里踮着足尖悄悄

钻进我的被窝

带给我暖意

那一泓汩汩的清泉
那一阵悦耳的蝉啼
那一缕袅袅的炊烟
那一声声油灯下的爱语
一草一木，一山一水
总能让我心游神驰，醉在其中
那是乡愁在我心上唱歌
一支回溯生命之根的咏叹调
一支仰望高山流水的抒情曲

海望

一叶孤帆
在无边无际的海上
写尽了海的辽阔澎湃
和天的高远
朵朵浪花在帆上
留下了跋涉者勇敢的脚印

我有一首小诗

我有一首诗

像一片年轻的海

碧蓝的浪峰高低错落

一展海的青春风采

这首诗不是我写的

是海风撩起海的衣襟

我有一首诗

像一个小山村

霞光染绿了山的秀发

一笔淡，一笔浓

晨风中，小村童话般清丽

这首诗不是我写的

是村里的一声鸡鸣喊醒的

我有一首诗
像五月的麦田
一串串沉甸甸的麦穗笑弯了腰
田野阵阵飘散诱人的香甜
这首诗也不是我写的
是金黄的理想长出的翅膀

你的名字叫历史

没有人认识你的容颜

却视你为日月星辰

没有人听过你吐露心声

却视你为一面明镜

你洞察过去，预言未来

没有人见过你的身影

却视你为浩荡长河

敬畏你，仰视你

你无声的声音庄严

巧语无法掩盖

你无形的面目堂堂

谁也无法改变

你无痕的步履豪迈沉重

刀剑无法阻挡

你有不老的生命

穿越时空隧道

沐浴阳光风雨

滚滚向前

在风云际会的浪涛上

在每一道坚韧的目光上

你的踪迹难寻，又深邃无痕

你是谁

你的名字叫历史

静静地倾听

不论我长多大
在爹娘的眼里都是孩子
不论我走多远
爹娘从未离我半步
人海茫茫，唯有
娘的叮咛
爹的嘱咐
安我入梦

小时候，爹娘把我牵在手上
抱在怀里
藏在心窝
喊我是"宝贝儿"
从小到大

我是爹娘的庄稼
爹娘是我的天空

长大后，我把爹娘供奉在高堂
早晨，第一声
亲亲地喊声"爹"
暖暖地叫声"娘"
黄昏，偎坐在暖炕上
紧紧地拉着娘的手
轻轻地搭在爹的肩
静静地倾听
娘的叮咛
爹的嘱咐
像小时候一模一样

船长

在船长的眼里
后浪推前浪
前浪前面的不是浪
是一朵花开
是一杯酒香

祖父

您连一张照片也没留下
所以我很想知道祖父的模样
听爹说，在我出生前
您含泪匆匆地走了
永远没有机会唤您一声"祖父"
成了我无法弥补的遗憾

您一生吃苦耐劳，靠祖上留下的
一亩三分地，养活一家老小
您把自己当做一头牛
在呻吟的风里，在哭泣的雨中
弯下腰，拼尽全身气力
把埋在心底的一颗颗种子
撒在这片贫瘠的土地上
可惜，您没熬到天亮

在耕完最后一垄地

倒下了，再没站起来

那年，您不满四十岁

没见过祖父，心中遗憾

总觉得缺少一个"根"

村里的老人都说

我三叔长得像您

于是，我常常到三叔家串门

我的一个心思

从未对人说过

找寻回来的世界

秋风，不经意间
顺手染黄了树叶的葱郁
秋是无法逃避的，如同
春要到来，夏要离去
尽管冬漫长，冰雪总有融化的那一天
冬去春来
植在心田的花吐艳
深埋的种子吐绿

你看那，年轻的风常常撩起
淡淡的芳菲
还有潮落潮涨，浪伏浪起
不息的浪涛奏响生命的旋律
一串串笑声踏浪而舞

落潮的叹息，一声也多余

季节总在轮回，岁月也在更替

找寻回来的世界

会重新站立

淡淡槐花香

我曾见过不少江河大川

只有村头那条柳影婆娑的小河最美

尽管没有山川激越

大河的豪迈

我曾闻过许多迷人的花香

只有家门口那棵大槐树的槐花最香

尽管花朵不艳、花香淡淡

而今，我离开家乡许久许久

不知那条小河是否还清澈如玉？

不知那棵大槐树是否还淡淡飘香？

清清的小河水啊

淡淡的槐花香啊

为什么

跋山涉水静静飘进我的梦乡

童年的旋律

牵不住的春雨丝丝
留不住的虹霓片片
唯有童年的旋律
常常缭绕心头

掏过的喜鹊窝还筑在村口
捉过田鼠的那块麦浪起起伏伏
做成的柳笛依然回响
邻家二丫儿那条又黑又亮的大辫子
依然那么飘逸悠长

童年的颜色，五颜六色
童年的旋律，依然青葱
岁月走得很远很远了
它在梦中依旧叮叮咚咚

老井与酒

百年老井
本色不变
那汩汩的水哟
还是带点淡淡的苦涩

这片天空多风少雨
地里的谷子还是粒小皮厚
别看这块土地盐多碱多
长出的地瓜却独具特色

乡亲们心灵手巧
用地瓜干和老井水酿的酒
香飘十里，百里
回乡人都醉在这酒里

喝不够那口老井清凌凌的水

吃不够黄澄澄的小米糕

更爱喝地瓜干酿的酒

还是家里的那味道

种子

我家祖辈是渔民
小时候，我问爹
"您的田地是什么"
爹说"是海"
"您的犁是什么"
"是船"
"您的农具是什么"
"是网"
"您的种子呢"
"是一颗一颗的汗珠子"
我不再作声，看着眼前的海
天上云朵飞
海上浪涛涌
爹的话第一次让我感到困惑

我想"汗珠子，也可以做种子吗"

那时候我很小

海的味道

小时候

从课本上

我知道了海水是咸的

我想

那么多海水怎么可能都是咸的?

那一年

父亲带我去大连

平生第一次看见海

迫不及待奔向海边

俯身掬一捧海水

呵，咸咸的，带一点苦涩

第一次认识了海

第一次尝到了海的味道

十七岁那年春天

我穿上了水兵服

从此，与碧海蓝天朝夕相伴

军港停泊，柔波如语

领海巡逻，雄风浩荡

舰飞浪打

涛涌颠簸

碧海蓝天写下了

我的青春和火热

看不够的浪花飞溅

听不够的涛声澎湃

海，还是第一次看到的模样

可海的味道不仅是咸的

还带一点甜味

一年又一年成了过去

不知不觉中

溅落发梢上的浪花也已结茧

眼前的海，一如初见

依然那么辽阔美丽

我常常漫步沙滩

看白肚皮的海鸥贴着海面飞

看雪白雪白的浪花

从沙滩拍打到天际

船里的渔火正红

岸上的炊烟升起

至此

我才真正品到海的味道了

没有海水的咸咸

哪来你我的甜甜蜜蜜

乡愁的滋味

乡愁是啥滋味

人说，有甜的，咸的，酸的，辣的

自然也少不了苦

魂牵梦绕，日夜思量

又何止这番滋味

因为有了家，有了国，有了乡关

才有了乡愁

离家远行的人

当你迈出家门

不是第二步，便是第三步

一定会回首

那一刻，你把乡愁带走了

儿时的欢笑，随着岁月流逝

会随梦飘远

花开花落

春去春来

几番风雨

几多乡愁

一个个不眠之夜

情丝千缕

怀恋万般

酒和着泪饮

梦在幻觉里圆满

谁能解我乡愁?

任它把心揉碎

只因乳汁甜蜜

只因乡土芳香

送给远方的你

谁说到不了的地方叫远方
我就走在去远方的路上
不问远方有多远
但我知道，那里生长森林般的希望

一个梦，一双脚，一直走
把崎岖和泥泞踩在脚下
把心愿揣在怀里
送给远方的你

远方有梦，有大美
除了远方我无路可走
我选择了唯一
我选择了你

为什么常常想起

远离了，昨天的大海
走远了，沙滩上空的云朵
为什么常常想起
礁石上雀跃的一朵朵欢欣的浪花
沙滩上印下的一双双爱情的传说
天上燃烧的一片片火红的朝霞
海上奔腾的一排排激扬的波涛

为什么总也忘不了
太阳的微笑，潮汐的执着
舵手的炽热，军舰的气魄
哦，我的追求，我的歌声
无不在惊涛骇浪里唱响
哦，我的青春，我的梦想

无不沐浴着朝阳如火

大海啊，我的襁褓
礁石啊，我的伙伴
何处再觅到那令人神往的身影
何时再聆听那高亢的战歌

听泉闻钟古韵归
—— 游川中遂宁

川中重镇遂宁美，
涪江两岸沃土肥。
观音故里祥云绕，
灵泉古刹清泉飞。

山幽林茂多峻奇，
寺耸庙立紫气回。
千年遗韵依旧在，
听泉闻钟古韵归。

底色

壮阔不息是海的底色

乘风破浪是船的底色

海的路，浪驮着船儿走

船总比浪高

厉风不知何时出没

狂浪不知隐藏何方

希望与风险不离左右

没有哪只船因怕风而久泊避风港

也没有哪叶帆因惧浪而半路返航

不变的底色

不变的坚毅

底色上

洁白的玫瑰花

永远在涛峰浪脊上飞翔

浪迹天涯总归岸

海虽大

眼前是岸

转过身来

身后还是岸

海多大

岸多长

海再大，离不开岸

湛蓝蓝的天

海旷远

一碧万顷不见帆

涛涌连连岸接山

浪迹天涯

天无垠

海有边

心是岸

星

夜色静寂
月光如水
满天的星星不住地眨着眼睛

其实
在人们的视野之外
还有很多星星
不声不响地散发着光明

第三辑
写给爱恋的你

因为我的血管里

流淌着你的血液

因为我的心跳里

呼吸着你的呼吸

半块玉米饼

那年夏天，天气闷热，闷热

我放学回家，一进门就喊"饿"

娘从篮里拿出一块黄澄澄的玉米饼

掰成两半，一半放回原处

另一半块又掰成两半

一块给我，一块给妹妹

娘看着我和妹妹香甜的吃相

脸上带着笑，那么美

"大姐，行行好，给口水喝吧！"

这时，从大门口传来声音

一个妇女手扶门框

身旁站着一个三四岁男孩

她看起来跟娘一样年轻

娘闻声从水缸先舀一瓢水

男孩喝完水，眼却盯着我
手捏的一小块玉米饼
于是，娘把那半块玉米饼
顺手递到男孩的手里
男孩紧紧捧着半块玉米饼
像捧着自己的生命

"孩子，慢着点吃……"
娘的眼里闪着泪花
娘的举动，让我心里
有一点不解和不快
"人家只是要点水喝，又没要吃的。"
呵，娘的心太软
那年，我上小学一年级

英雄纪念碑

一座高大的纪念碑

竖立在广场上

像一株巨树

根扎泥土

冠擎苍穹

白云飘过撒下一句话

"人民英雄来自人民

英雄又回到人民心里"

在绿水青山

在田野村庄

在袅袅炊烟

他们的身影

他们的足迹

他们的故事

是呵，英雄是民族之魂

磅礴如泰山昆仑

豪迈如长江黄河

给攀险者以胆

给攀高者以勇

给攀天者以智

给跋山涉水者以铁骨

给栉风沐雨者以曙光

给矢志报国者以浩然

用大山般的脊梁

用大地般的胸膛

用大江般的血脉

走在宽阔的长街上

每次经过这座纪念碑

心中总有一股血脉偾张

让我激情澎湃

脑海还是那句话

"英雄在人民心上

江山在人民手上"

让我常常想起

一个不老的传说

写给爱恋的你

飞过万重山与河

踏过千里浪与涛

鸟瞰层峦叠嶂

眺望沃土良田

往返海岛椰林

留连古城新村

我用深深的爱恋

看望深深爱恋的你

大东北啊，肥沃的黑土地

高粱红，玉米黄，大豆绿

天蓝得发亮，云白得耀眼

色彩斑斓，丰饶多姿

内蒙古大草原啊

羊群如云，骏马奔腾

阿爸的长调向着天边飘逸

敖包如花开

古老的长城蜿蜒万里

雄浑磅礴，似一条巨龙盘踞

崇山峻岭间

风风雨雨撼不动倔强的身躯

长江在山崖壁立的三峡流淌

船江号子搅动两岸风和雨

尽显"高江急峡雷霆斗"

虎虎气势压天低

西湖美呀，美在人心里

草长莺飞，桃红柳绿

条条盈盈碧水，描绘灵秀之气

隽妙、柔婉的江南春色

是人间仙境，美不胜举

"海之南，天之涯"的南海之滨

浩瀚无涯，碧浪滚滚

岛屿似宝石，礁盘如珠玑

充满生机与神秘

莽莽昆仑啊，山山巍峨更雄奇

达坂高耸入云天，雪水滔滔走戈壁

卓玛姑娘放牧来

长鞭一挥歌一曲……

我用深深的爱恋

看望深深爱恋的你

祖国啊，我由衷地爱着你

一山一水，一草一木

每一片天空，每一寸土地

因为我的血管里

流淌着你的血液

因为我的心跳里

呼吸着你的呼吸

致敬无名烈士

冒着硝烟，迎着弹雨

毅然冲向前方

他扑倒在地的瞬间

咬紧牙，把最后一颗子弹射向敌人

他再也没有站起来

像一棵青青的树

像一株红红的高粱

转眼间，从风华正茂，归于

扎根的土地，生命的脚步

终止在年轻的旋律

他是谁? 叫什么名字

连盘旋的小鸟也不知道

也许是

在一个寒冷的清晨，他告别

依依送到村口的爹娘

怀着一颗赤诚的心，走进了

革命队伍

也许是

在参军前一天傍晚，他答应

心爱的姑娘等到胜利的那一天

用大花轿把她迎娶进门

也许是

在他牺牲前，已向家乡写信

报告火线入了党，战斗里成长

硝烟已化成彩霞

冬去春来依序运行

在他扑倒的地方

一方斑驳的无名墓碑

昂然站立，仿佛深植在

永恒的大地上

春风深情地抚摸他的额头

抚摸一面红旗的脸庞

我站在肃穆的时空里
凝望在光荣之上
他没有离开芳菲的田野
依然紧紧地拥抱着那杆钢枪
守护着家园的安康
他还在静静地聆听
聆听祖国腾飞的步伐
龙腾虎跃的模样
年年麦苗儿青青
岁岁稻花儿香香

记得你

过了这么多年

一直记得你

用母亲般怜爱的微笑注视

一个怯生生走进教室的乡下孩子

使尽全身力气把我举上那列

开往黎明的"闷罐"火车

从脸上读出我心中的渴望

给美丽的梦插上翅膀

如一股劲风吹散心头的阴霾

从困境中把我唤醒

记得你

奋力立起一把梯子，助我攀登

通往山顶的峭壁

拔高了我的梦想

紧紧拉着我的手，一步一步走出泥泞

感伤时，挺起脊梁再出发
在几乎穷途末路的时候
悉心护佑一个长长的梦
鼓励我与风雨同行
教我跟着太阳脚步
踩着浪涛驶向彼岸
把跋涉的酸甜苦辣唱成一首歌
将岁月沧桑念成闪亮的诗行
……

记得你
让一朵花变成了果
让一棵苗长成了树
一生路漫漫
遮挡风和雨
你是

知音、知心、知己
你是
拐杖、灯火、阶梯
你是我今生的引路人
你是我的春红和夏绿

壮哉，东方雄狮

雄狮，一旦醒来
就永远告别睡梦
雄立不眠

雄狮，一旦站起
就永远告别蜷曲卧姿
挺直脊梁

雄狮，一旦睁开眼睛
就再也不会低头
头颅高昂

那是，一个屈辱的岁月
你曾被人当成一只"睡狮"
在你沉睡的时候

帝国疯狂，列强嚣张

这些残忍的野兽

用它们锋利的爪牙

蹂躏着你，撕裂着你

这些贪婪凶恶的强盗

把火炮架在你的胸膛

骑在你的脖子上，挥舞屠刀

鲜血，从你背脊、胸膛流淌……

中华民族，到了最危险的时候

多少仁人志士大声呐喊，呼唤

你醒了，站起来了

从你口中喷涌出的

不单单是被欺凌的屈辱

不仅仅是任人宰割的悲伤

你迎着狂风暴雨

发出血性的怒吼

黄河的气势

110

长江的磅礴

长城的威武

我们知道啊

是谁从沉睡中把你唤醒

是谁让你复活了生命

是谁吹响了战斗的号角

是谁让你告别苦难走向辉煌

我们眺望一座座丰碑

我们高唱一首首凯歌

"共产主义真"的声音响如洪钟

"站起来"的声音响彻云天

中国共产党

那么灿烂，像初升的太阳

用鲜血，用筋骨

用脊梁，用双脚

蹚过了一条条大河

爬过了一座座大山

披荆斩棘，艰苦卓绝

神州巨变，地覆天翻

今天啊，我们伟大的党呵

又引领中华民族

踏上了伟大复兴之路

站起来！

富起来！

强起来！

不忘初心，砥砺前行

万众一心，攻坚克难

有什么险阻能挡住前进的脚步

有什么样的梦想不能实现

壮哉，东方雄狮

人民奋起之日

又是一个

前程似锦

朝霞满天

思念一盏煤油灯

岁月悠悠
儿时的那盏油灯
依然在我的梦中点亮
那染着淡淡煤油味道的灯光
闪闪陶醉我的梦境
带我寻觅留在灯光里的身影

严冬的夜晚
北风拍打着窗棂
炕桌上那盏煤油灯不亮
柔弱的光在
细细的捻上一闪一闪地跳跃
为省油娘把灯捻搓得很细

娘在炕桌这头做针线

我在炕桌那头写作业

这头，一针一线编织彩霞

那头，一笔一画描绘美梦

娘的目光告诉我

她心里装着我，装着全家

我的渴望告诉她

我心里装着朝阳，装着梦想

娘操劳的身影留在若明若暗的灯光里

娘的笑脸印在我心上

如今，那土坯盖的老屋

早已不复存在

娘和那盏煤油灯

也早已离我远去

那一针一线编织的彩霞呵

那一闪一闪的灯光呵

飞到了天上

像一颗颗星星和我说话

阳光的足音

穿过格子窗，静静地
走进房间，吻吻窗台上
一盆开满淡红花朵的蔷薇
暖暖正在写诗的手
把澄明的光轻轻洒在地上
然后，踮着脚悄悄地慢慢地离去
不带一丁点声响
只有壁上那只圆脸老钟
听到了阳光的足音
努力追赶：滴答，滴答……
阳光不语
温暖无声

青山依旧

让我激动掉泪的
不止那支熟悉的旋律
让我难以忘怀的
不止昨日的脚步
山高又水远
道路坎坷，几曾苦辣
岁月沧桑，多少风霜
一个个深印在沙滩上的足迹
一张张印刷在夕阳下你的容颜
依然灿烂，依然伟岸
你的身影，像青松，像礁岩
你的声音，依然亲和，依然温暖
我的心底常常荡漾着昨日的梦幻

假若我写诗吟诵

假若我大声歌唱
假若我拨动心弦诉说珍藏的深情
战友
你会听到吗？

一起走过风雨的坚忍
怎能不让我沉醉梦里的相聚
根植心扉的情谊
怎能不让我想着你
花谢再开
春去又来
天长长，地久久
夕阳不是苍凉的变奏
因为一夜之后又是一个霞满天
岁月如流不是人生无助
因为青山依旧
还有海的梦
诗的远方

披着霞光奔远方

晨风吹落天上最后一颗星星

旭日腾空而起

万顷碧涛映红霞

千波银浪吻金沙

涛声、浪声、风声、鸥鸟声合奏

海色、天色、云霓的颜色交相辉映

这时

高高的帆影

披着霞光奔远方

太阳一次次辉煌

月亮一回回落升

山海不语，日月永新

高悬的船帆啊，总是来去匆匆

昨日刚刚和你告别

今天你又回到这里与我相逢
却从未走出晨曦，走出月色
等着你，在黎明

镰刀

不知收割了多少秋天的金黄
不知有多少汗水和泪水
浸湿了你的木柄和刀刃

有一天，你和一把铁锤联合
在一面鲜红的旗帜上拥抱
从此，镰刀有了一份神圣的使命

破土而出

小时候，第一次跟着娘下地播种
她撒种，埋土，然后重重踩上一脚
我疑惑，"把土踩得这么实，种子能长出
来吗?"
"踩一脚，长得好，不踩不出苗"。
娘的话，并未解开我的担心和不解

六月，田野升起了青纱帐
娘种的那片玉米
绿油油壮壮的，在夏风中摇曳
仿佛在为娘证明什么

后来，我长大了
我懂了娘的哲学

"踩一脚"是生长的力量

人的成长不也是这样吗？

秋韵

一片落叶落在泥土上
有一种荣归之美

一颗果实从枝丫落在地上
有一种成熟之美

一缕稻谷的香气落在秋风上
有一种收获之美

一株秋荷的莲子落在水波上
有一种希望之美

一串雁叫声落在白云上
有一种高远之美

如果，一叶帆影落在碧蓝的大海上呢

海的向往

大海说，我要接近碧蓝的天空

于是，海岛凸立，朝天生长

海水说，我崇拜不落的太阳

于是，天天用双手托起旭日的光芒

浪涛说，我喜欢洁白的月亮

于是，夜夜举杯邀饮月光

浪花说，我思念岸上的故乡

于是，日日顶晨曦戴星光一路流淌

船夫说，我想去更远的远方

于是，浪奔涛涌中不停地划船荡桨

海之魂

人之魄

意高远

身自强

一道看不见的风景线

大树，在狂风中挺立
昂然，他们知道
埋在泥土里的根，深延

百花，在春风中吐艳
灿然，他们知道
埋在泥土里的根，舒展

翠竹，在劲风中歌唱
悠然，他们知道
埋在泥土里的根，坚韧

根啊，埋在泥土里
生命的不竭之源
一道看不见的风景线

天风海涛忆延平

鹭江宛若青萝带，
"鼓浪洞天"胜境奇。
南国风光小岛载，
海上花园水中立。

陡峭险峻阅兵台，
日光岩上洒诗意。
当年故垒依然在，
延平海风使人忆。

注：延平，日光岩上有民族英雄郑成功的阅兵台，明朝封郑
成功为延平郡王。

海之恋

不论在西北东南

在这里，在那里

他天天守望着，守望着

凝视浪花沸腾的远方

等待着潮来的时候

不让一朵浪花失望

他知道

潮汐从不食言

那一刻

不论头顶晨曦，还是脚踩月光

飘雪，降雨

万顷波涛会从海上扑面而来

那一刻

一波又一波的浪啊

一边奔跑，一边呼唤

一个又一个相拥的笑声啊

溅落礁岩上

一串又一串重逢的泪啊

洒在沙滩上

一朵又一朵喜悦的浪花啊

开在心坎上

那一刻

总有海风轻拂

总有真情弥漫

那一刻

相聚只在一瞬间

分手来不及说"再见"

浪一个个地来了

又一个个远去

载着海的梦

怀着浪之恋

西沙的早晨

当我推开窗子
一缕海风跟进来
带着湿湿的淡淡的咸味
带着蓝蓝的浓浓的问候

眼前一片碧蓝，那是海的魂魄
天边，一抹霞光
悄然洒遍了海面
一片霞光映红了一张笑脸
一片霞光染红了一叶白帆

霞光，是祖国捧着的爱恋
悄无声息地洒在
哨兵的钢枪上
洒在醒来的椰子树上

洒在一艘艘威武的战舰上
鸥鸟翩翩，驮着霞光
唱响海岛的第一支晨曲

这是"海之南，天之涯"的
南中国海呵
是祖国沸腾的心脏在跳动
是祖国伟岸的身躯在伸展
海是醒来的蓝色的祖国
澎湃的波涛，呼啸的浪花
分明激荡着民族之魂
在每一寸蓝色的国土
每一滴燃烧的海水

丹心许国为天明
—— 参观邱东平烈士故居

海丰沃土育东平[注]，

木棉花开别样红。

义旗高举浩气壮，

冲锋陷阵亦英雄。

敢闯四海求真理，

血著雄文唱大风。

一把利剑斩顽敌，

丹心许国为天明。

注：邱东平，广东省海丰县人。参加海陆丰三次
武装起义和建立苏维埃政权活动。曾任新四军一
支队政治部敌工科长，鲁艺华中分院教导主任，
1941年7月24日，在江苏建湖县北秦庄壮烈牺

牲，时年31岁。曾出版《沉郁的梅岭城》《将军的故事》《向敌人腹背进军》《第七连》《茅山下》等。

邱东平烈士传《热血铸文章，生命报国家》（马福德著），载《解放军烈士传》第六集。

娘的话

还是那张慈祥的面容
清癯的身子驻满岁月的沧桑
虽然已行走另外的时空里
她却常常模糊在我的泪眼中
我仿佛听到了一个声音
那么亲切，那么熟悉

娘一生忙碌，勤俭要强
炊烟熏黑脸颊，不在乎
吃苦吃瘦了身子，不在意
她在乎家的星星点点
梦里也念叨怀里的儿女

一粒种子掉在垄外
她不惜弯腰一一拾起

割完麦子，她再累也绕田走一遭
不遗落一个麦粒
做晚饭，她用柴火从灯盏引燃灶膛
就为省下一根火柴
最后半瓢涮锅水，她也不舍得废弃
那是金子，银子
都是汗水的凝聚

娘说："世上没有白流的汗"
这句话，娘唠叨了一辈子
也劳累了一辈子
娘的话，留给了我
常常惊醒在梦里

他的名字比浪高

是谁？

留在碧波的身影，那么矫健

是谁？

回荡云端的鸣唱，那么嘹亮

他轻盈一如海上霞光

他勇敢一如翼下巨浪

他爱大海，也爱蓝天

狂风卷涛，从容笑对

浪尖上翩翩起舞

暴雨里选择高飞

云黑浪险无所畏惧

风雨洗礼见证自己

一次次潇洒的飞行博得浪花喝彩

回回凯旋赢得白云抚爱

他的名字比浪高，比云美

与风雨同行

命运注定我要与你同行
因为你的名字叫风雨
没有风雨就没有风骨
没有风雨就没有艳丽

昨天的风，昨天的雨
助我成长，给我神气
风雨交加泥泞路
无数摔倒又站起

脚在泥里不后退
手托乌云迎雷击
眼睛里再有泪水
嘴角上也含笑意

今天，风雨再大
明天，风雨更急
朝阳总在风雨后
风雨洗涤新天地

风雨，从风雨中胜出
阳光，在风雨中站立

涛声的素描

清一色
一线天

汪洋一片
江河一片

波涛响
浪花喧

高歌一曲
地动天旋

流动的诗情
展开的画卷

大海呵
哪一滴水没有香

霞光呵
哪一朵花没有蓝

生根的种子

从西沙这座太小的小岛
我带走了太多太多的记忆
一枚色彩斑斓的贝壳
一片白云投下的影子
一缕清晨送来问候的霞彩
一段深如蓝海的手足情谊
一场海上决战的剪影
一串红珊瑚般难忘的诗句

可我能给小岛留下什么呢
汽笛响了
快艇转身离岸了
小岛渐渐远去了
起落在波涛间的小岛更小了
但我能看见它

小岛在远方朝我招手致意

呵，不是再见

一颗种子早已在小岛上生根了

那是种在天涯的一丛碧绿

总是……

时间交给我一个定律

—— 总是

你看

天归天，海归海

万物向上，大路朝天

就说浪、涛、涌、浪花吧

总是 —— 亲密无间

总是 —— 从远处奔腾而来

总是 —— 从近处随风而去

总是 —— 势不可挡

总是 —— 浪花雪白

总是 —— 缤纷炫目

总是 —— 呼啸惊岸

总是 —— 后浪推前浪

总是 —— 一浪更比一浪险

总是——

　　　向前

　　　向前

　　　向前

谁是"总是"的力源？

你会知道答案

那声音

穿过空旷的海面

海风送来海的声音：

"呜 —— ，嗥 —— 哗嚅 —— "

那声音

浪、涛、涌的合声

音域是那么宽广

音质是那么浑厚

音色海水般澄澈

像无数管乐器吹出的低声部

像无数军鼓轻敲的密集鼓点

又像无数响箭齐发

难以名状，却撼人心魄

那声音我熟悉，如同熟悉我的军舰

无论哨位值勤，还是远海扬帆

那声音

伴我手握钢枪，拍我沉入梦乡

那难以捉摸，梦幻般的声音

仿佛触动海的强劲脉搏

仿佛听到海的大声呼唤

大海啊

千声万声呼唤，不停

千次万次呼喊，不断

日日夜夜，风天雪天

有谁能知晓大海的心思

是火的热情，是雷的意念

那声音穿透时空的厚重

宽广，浑厚

澄澈，碧蓝

飞向梦幻的未来

飘向无涯的心岸

真情永恒

银河倾斜倒挂

星光炫耀灿烂

哪一颗星星最亮总难分辨

春色满园花千树

朵朵争奇斗艳

人海茫茫

相识相知才有缘

疾风骤雨真情在

大爱筑满心间

朝霞红彤彤，星星亮闪闪

从不褪色，质地不变

江河纵横，惊涛万里远

洁白的浪花永远笑

真情永恒大如天

你的名字真美

都叫你"白衣天使"
美丽的名字，我记住了你
为啥这样美？
妈妈说，是你把我领到了这个世界

长大后，我知道了
你的来历，更懂得
名字与善良的统一
收获笑颜的是别人
付出爱心的是你

守护别人生命的花朵
奋不顾身的是你
只要有百分之一的希望
你会付出百分之百的努力

素不相识，真诚相待

无亲无故，苦乐相依

你含笑的眼神，一片爱的海洋

总在我的心里泛起爱的涟漪

爱的无言

你的目光，总是让我心动
是一阵飘飘洒洒的春雨吗？
撒落初春的田野上
复苏的麦苗儿挺直了身段
多像一缕火红火红的霞光
亲吻远行的白帆
给跋涉者期望，送上温暖

你的目光
是一滴澄澈晶莹的露珠吧？
站立盛开的花朵上
让笑的芬芳更灿烂

呵，我知道了
在这片心灵的天地

还有耸立的山峰，葱郁的乔木

摇曳的小草和飞翔的歌声 ……

爱是无言的，正如你的目光

默默里含泪千滴

默默里含情万种

汗水入心化作歌

总是在危难的时刻挺身而出
打起背包就出发，只要一声令下
一次次大步走向出征的队伍
一次次把忠诚写在坚毅的背影上

艰险的路，一条条从风雨中走过
难咽的苦，一回回默默承受
穿越惊涛骇浪，敢用一种决战决胜的气魄
滴滴汗水入心化作歌

有难不怕难，有苦也不说
眼神里流淌的总是碧浪清波
初心耀天地，使命肩上扛
灿烂的霞光是生命的火

桅樯

默默地撑起一片帆

轻轻地抚摸一片天

风雨再狂，桅挺立

海摇地颤，樯不弯

前方千尺浪

背后万座山

桅樯高扬强军梦

浪花绽放海魂衫

鸟儿的歌唱

感谢你，小鸟，以我为邻
悄悄把房子建在我家窗前
梧桐树上多了一个生命
我多了一个朋友
小鸟，把心里的话儿
说给我听
"喳 —— 喳 ——"
一串一串的
像一首没有休止符的歌
在嫩绿的树梢上流淌
染着朝霞的色彩
沾满露水的清香

远远的晨曦
近近的啼鸣

声声悦耳

声声灵动

是你最早叫醒了我的梦

总是快快乐乐一天

总是一天叫个不停

有多少喜事、祥音

让你如此活泼快乐

有多少乐事，开心事

让你如此其乐融融

小鸟，你的语言，我不懂

歌声背后藏了多少甜甜的梦

更不得而知

但我知道，你歌唱的一定是心声

有阳光，有春风

有对天气的预告

有对我的叮咛 ……

远航

海岸线
渐渐模糊了
天蓝蓝，云淡淡
只有初心的梦想
长又长

使命，担当
溶进一道深蓝的航迹
蹈海踏浪
飞溅的浪花跳上桅杆
追逐海鸥的翅膀

启迪

竹笛和晒衣竿

的母体，都一样

都来自一根竹子

只是主人不同

则有了不同的命运

做笛子的，有凤鸟朝阳的梦想

做晒衣竿的，有朴实而实用的精神

竹笛莫笑，晒衣竿莫悲

同样的舞台，不一样的美丽

也许，能给我们以启迪

航向

筑就在一片汪洋
暗藏在无际无边
风雨里鼓满白帆
浪涛里勇往直前

在潮起潮落的地方
万家灯火含笑无言
在茫无涯际的蓝图上
洒满如蜜的阳光

梦里的笑声
耳畔的叮咛
一首歌，总是
在心间千回百转
任凭涛惊浪险

蹦蹦跳跳的浪花
总是快快乐乐地歌唱

辽远的天，高远有梦
碧蓝的海，大爱无疆

黎明写意

轻风

晓雾

晨曦

交替着奇幻的身影

吹拂着

飘逸着

流溢着

时间的别样心情

还在梦乡的牵牛花

与知音牵手

羞得脸蛋儿绯红

酝酿着美丽的生命

海上的黎明

托举一轮火球

宣告新一天的降临

星星隐匿了

大海睁开了眼睛

蓝色的音符

数不清的线条

蓝色的

一会儿粗犷雄奇

一会儿流畅委婉

一会儿任性挥洒

一会儿海水长天

一梦醒来

那蓝色的音符

陡然清秀凝练

召唤天涯的白云

垂钓海角的港湾

是母亲招呼儿子回家

意也满满

情也绵绵

就这样，蓝色的音符

天天变幻着

梦里，梦外

波涛，海岸

舵手从未离开战舰

战士依然整装待发

听从母亲的召唤

岁月

一次次，惊骇的浪扑向你

送走了浪，你仍若云淡风轻

一次次，澎湃的潮亲吻你

告别了潮，你还是一脸静气

多情的海

深沉的岸

苍老的岁月啊

如浪如潮

从不停息

时光依旧

春来秋去

大海依旧

高山屹立

天湛蓝，碧波远

苍山重，涛峰碧

激荡着大海的力量

总是把雪浪花

托得高高，高过山脊

今又好月色

今夜，月亮
悄然来看大海
它躺在万顷细浪碧波里
与波共舞
与浪吟唱
月光与海浪和着轻舒的旋律
海浪酣睡
月亮安眠

海浪醒来时
天上彩云彤红
海上金波涌荡
那无处不在的月光呢？
是大海挽留了她
还是月光忘了回家的路

苍穹一直追问
大海敛默无言

今又好月色
乾坤景胜前
辉光照夜夜更美
月桂绽叶叶更甜
天上一个圆月
海抱一个月圆
海月浑然成一体
天下祥和共美满
情真一月月
爱深一年年
月在士兵怀中抱
何忌天涯浪击天

秋色

天晴雁高翔，
秋风拂叶黄。
瓜熟石榴笑，
一川稻谷香。

劳动结硕果，
汗水伴雨淌。
春红何处觅？
两岸锁大江。

情寄

从心到心天地间，
肝胆相照有诗篇。
苦雨淋身心不苦，
蹈海乘风一叶帆。

浪击浪打不移步，
只因日月一诺言。
梅花不惧冰雪冷，
为君飘香为君安。

后记

　　这本诗集是继《冰峰的雪莲》（2012年8月解放军出版社出版）、《浪花依旧白》（2018年7月中国文联出版社出版）之后，我出版的第三本诗集。前两本诗集出版后，热心的读者给予了热情的鼓励，《解放军报》《华夏诗报》等都刊登了评论文章。如果从我的诗处女作发表（诗《回家的路》刊于1999年1月2日《人民日报》，中央人民广播电台配乐广播）算起，我与诗结缘已有二十余年了。当初，学着写诗，并未想到能坚持下去，更不敢想出版诗集，可人生就是这么难料，后来，不仅坚持下来，而且不敢想的事也成了。

　　诗词，古人言"情动于中而形于言"的产物，用诗歌抒情述怀，寄托抱负。悠悠千载，诗心不灭，千百年来中华民族留下数不胜数的灿烂诗篇，其主要原因，无不是"情动于中"，直抵心灵的感动，才是诗意的栖居，情到心处，诗自美，用美妙的词句传达美妙的情感，表达真善美，当然还要鞭挞假恶丑。我的诗作大部分内容，没有离开自己的人生轨迹，家乡的田野炊烟，父辈的养育之恩，难忘的成长经历，火热的军营生活，还有祖国大好河山，尽管文笔拙笨，但都是人生旅途的所见，所思，所念，所悟，所感，从心底流淌出来的声音，散发汗水的淡淡咸味，带着风雨的痕迹。

　　我写诗能坚持下来，首先感激我们这个好时代，感激人民军队给了我丰富的人生经历和历练，我和千千万万的人一样，很幸运，遇见最美的新时代，岁月见证成长，梦想成就青春。如果没有这片辽远的天空和宽阔的沃土，没有这片沸腾的生活海洋，美妙的诗意从何而来，诸多感悟又从何而生呢。

　　我写诗能坚持下来，还应该感谢一个人，他就是当代著名诗人峭岩同志，他是我的战友，我的诗歌创作，从起步至今，始终得到他的热情鼓励和真诚帮助。他曾为我的第二本诗集《浪花依旧白》作序，《心居高处总觅诗》一文，发表在今年的解放军报上。他正直良善，亲和谦虚，才华横溢，著作等身（曾出版《峭岩文集》十二卷本）。他的诗歌守正创新，和融有真，崇尚高尚，歌颂正义，高扬英雄，鲜活、清新、向上、含蓄和有意境，令人折服。我们是战友，又是挚友，还是同乡，从小都在冀东平原贫穷的乡村长大，家境清贫。他的童年颠沛流离，母亲讨饭供他和哥哥上学。我的祖父积劳成疾，撇下祖母和四个儿女，离开人世时不足四十岁，父亲马文清为长子，用稚嫩的肩膀扛起一个家，扛活打工，到京西门头沟小煤窑背煤，死里逃生。我们幼小心灵都留下艰辛的记忆，从卑微之处吸取了生命的养分。在人民军队这个大熔炉里，我们从士兵一步步成长进步，始终有一种动力，有一种责任感，执着前行。相近的人生阅历，让我和峭岩同志心相知，情相通。因而，在诗歌创作姿态、审美取向和艺术追求上，自然而然有共同的语言和认知，有益于我接受他的影响。衷心感谢峭岩同志在百忙中又为我的诗集作序，并对全部作品认真审阅斧正。

感谢中国书法家协会原副主席、顾问，书法家李铎先生和中国书法家协会理事、书法家李洪海先生为诗集题写书名。

中国文联出版社对诗集的出版非常重视，责任编辑周小丽同志认真审阅诗稿；曾获全国图书装帧设计一等奖的符晓笛先生，以及刘清霞、舒刚卫同志精心为诗集装帧设计；张兵和马元同志热情帮助打印诗稿。在此，一并表示衷心感谢。

我深知自己文笔幼稚，功底不深，诗作如有不妥之处，恳请读者给予批评指正。

2019年7月25日